look back

Tatsuki Fujimoto

*Vier-Bilder-Comic

Vierte Klasse
Der erste Kuss Fujino
Bitte gib mir einen Kuss, wenn wir wiedergeboren werden.
Nach einem Unfall liegen sie im Sterben.
Versprochen.
20 Jahre später.
Ich bin wiedergeboren!
Schatz, wo bist du?
FWOOOO
Meteorit
Erde
no
Du
Ohren ?!
Hm? Ach, das?
Hab ich in fünf Minuten hingekritzelt, weil ich kaum Zeit dafür hatte.
Dafür ist es ganz gut gelungen, finde ich!

Cool!
Damit kannst du als Manga-Zeichnerin durchstarten!
Als Manga-Zeichnerin? Hmm, ob das 'ne gute Idee ist...?
Es ist sicher öde, den ganzen Tag am Tisch zu sitzen und Bilder zu zeichnen.
Werd lieber Profi-Sportlerin! In Sport bist du doch auch ganz gut.
Ja, das klingt schon besser!
Gibst du mir ein Autogramm, wenn du berühmt wirst?
Hm? Joaa, kann ich schon machen.
Fujino!
Hm?
Ja, Herr Lehrer.
Kommst du nachher bitte mal ins Lehrerzimmer?
Lehrerzimmer

Es geht um den Manga-Teil in unserer Schülerzeitung.
Wäre es okay für dich, wenn ich Kyomoto auch mitmachen lasse?
Kyomoto? Wer ist das?
Aha...
Ja.
Ich hab nichts dagegen.
Die Schülerin aus der Klasse von nebenan, die nie zum Unterricht kommt.
Sie traut sich nicht, zur Schule zu kommen, meinte aber, dass sie gern an der Schülerzeitung mitarbeiten würde.

Aber für eine Anfängerin ist das schon anspruchsvoll.
Ob eine, die noch nicht mal zur Schule kommt, regelmäßig Mangas zeichnen kann?
Hier, die neue Ausgabe der Schülerzeitung.
Und lasst auch eure Eltern mal einen Blick hineinwerfen, okay?

Vierte Klasse

Taktikerin Mika — Fujino

Die Schule nach dem Unterricht — Kyomoto

Auch die
gesehen,
Schules
waren i
alle tats
eins am
gemacht
einem i
drei Min
Bibliothe
dem auf
gerade D
dann ha

Krass...!
Sie zeichnet wie ein Profi!
Hast du das gesehen?!
Wer ist Kyomoto?
Die Schulschwänzerin, oder?
Tja, verglichen mit ihren Zeichnungen...
... sind deine Bilder ziemlich mittelmäßig, was?

Cool! Fujino, warum kannst du so gut zeichnen?
Von den Schülern, die ich kenne, bist du die allerbeste!
Du kannst Malerin werden.

Tja, verglichen mit ihren Zeichnungen...
... sind deine Bilder ziemlich mittelmäßig, was?
Ja, verstehe...
Dieses Mädchen...
... feilt den ganzen Tag an ihren Zeichnungen, während ich die Schulbank drücke.

Sie ist genauso alt wie ich und kann besser zeichnen?!
Das darf nicht wahr sein!

wie besser zeichnen
Herzlich willkommen!
BOOK'S
Der kleine Buchladen
FIGURE DRAWING FOR ALL IT'S WORTH
Menschen zeichnen
Sketch Book
Vielen Dank!
BOOK'S
Der kleine Buchladen
Wie werde ich besser im Zeichnen? - D
① Lerne perspektivisch zeichnen!
② Setze dich mit der menschlichen Anatomie auseinander!
③ Versuche immer, dreidimensional zu zeichnen!
Die effektivste Lernmethode ist:
Zeichnen, zeichnen, zeichnen!
Viel Erfolg!
Gut!

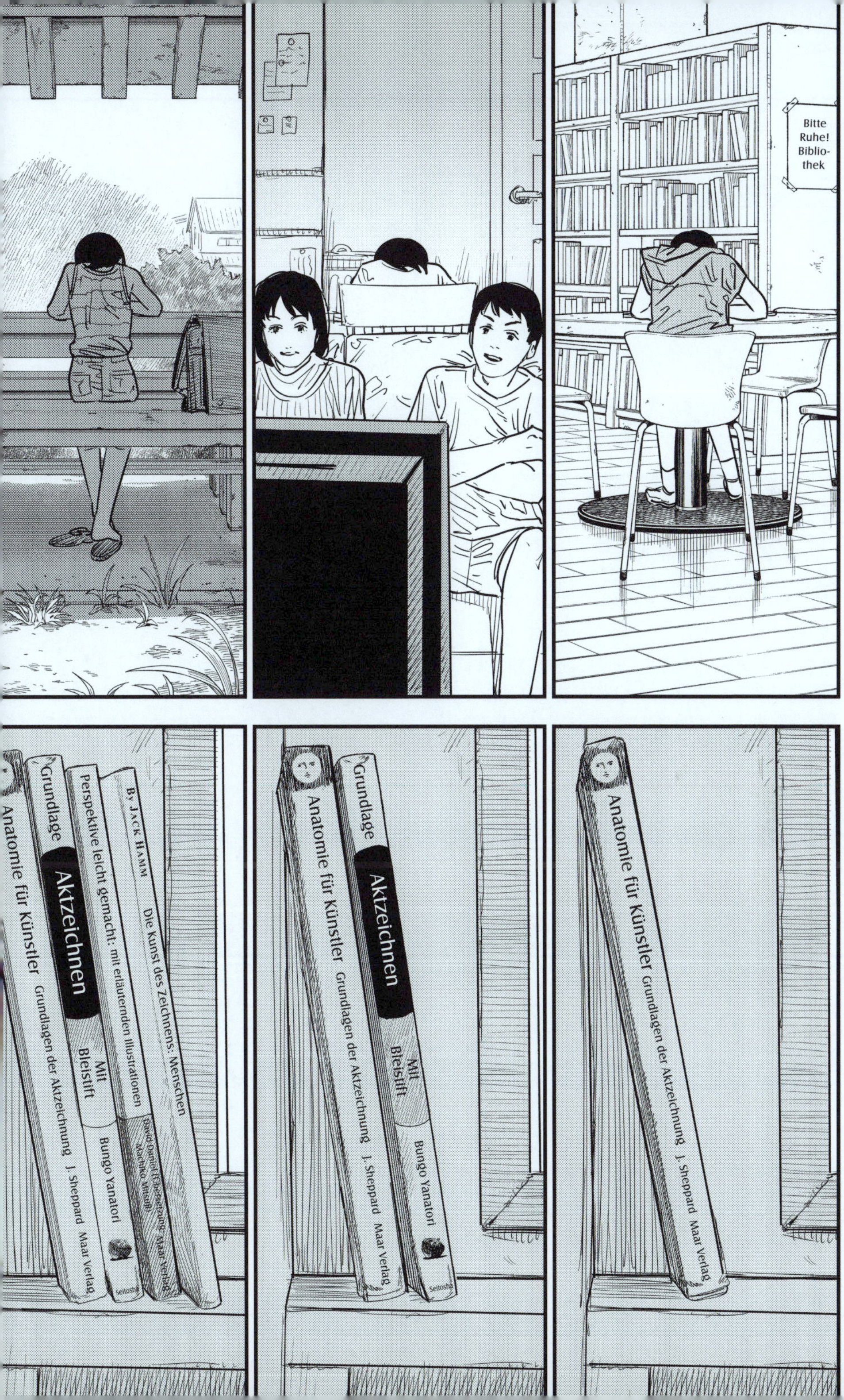
Bitte Ruhe! Bibliothek
Anatomie für Künstler Grundlagen der Aktzeichnung J. Sheppard Maar Verlag
Grundlage Aktzeichnen Mit Bleistift Bungo Yanatori Seitosha
Anatomie für Künstler Grundlagen der Aktzeichnung J. Sheppard Maar Verlag
By Jack Hamm Die Kunst des Zeichnens: Menschen
Perspektive leicht gemacht: mit erläuternden Illustrationen
Grundlage Aktzeichnen Mit Bleistift Bungo Yanatori Seitosha
Anatomie für Künstler Grundlagen der Aktzeichnung J. Sheppard Maar Verlag

4
SUN mon tue wed thu fri
MEMO
7
MEMO

10
SUN mon tue wed thu fri sat
1 2 3 4 5 6
7 8 9 10 11 12 13
14 15 16 17 18 19 20
21 22 23 24 25 26 27
28 29 30 31
MEMO

1
SUN mon tue wed thu fri sat
1 2 3 4 5 6
7 8 9 10 11 12 13
14 15 16 17 18 19 20
21 22 23 24 25 26 27
28 29 30 31
MEMO

Fujino!
Ja?
Was zeichnest du?
Ein Skelett.
Hey... Wir sind schon in der Sechsten.
Ja.

Nächstes Jahr gehen wir auf die Mittelschule.
Willst du dort weiter zeichnen?
Hm?
Ja...
Ach...
... so...
Weißt du was?
Yoshi und Mihorin trauen sich nicht, dir das zu sagen...
Aber willst du nicht langsam aufhören, Mangas zu zeichnen?
Und außerdem...
Selbst wenn wir zusammen sind, zeichnest du ständig irgendwas.
Du gibst dich ja gar nicht mehr mit uns ab.

... falls du auf der Mittelschule immer noch diese Bilder malst...
... wirst du als Nerd abgestempelt, und die Leute werden einen großen Bogen um dich machen.

Mama sagt, dass du baden sollst.
Klopf bitte an, bevor du reinkommst, Schwester.
Mann!
Boah!
Ja, ja, schon gut!
Hey... Wie lange willst du noch an deinen Mangas zeichnen?
Komm doch mal mit zu meinem Karate-Dojo.
Das macht sich bestimmt gut in deinem Lebenslauf.
Ach, so.

Mama und Papa...
... machen sich Sorgen um dich, auch wenn sie es sich nicht anmerken lassen.
Mittlerweile hockst du ja nur noch in deinem Zimmer, kriegst schlechte Noten und...
Raus!

Und jetzt alle mal herhören, bitte!
Die neue Schülerzeitung ist da.
Zeigt sie bitte auch euren Eltern.

Sechste Klasse - Die Schülerzeitung

Die Wahrheit Fujino

Das Sommerfest Kyomoto

Mit 16
und ich
ist das
Fahrrad
Eingang
gehen. D
herzlich
den gefä
waren G
aber wa

Ich hör auf.
NECO
Alles klar, Fujino?
Gibst du mir die Zeitung?

Hey, wollen wir...
... heute Nachmittag Eis essen gehen?
Hm? Ja, gern!
Wir haben schon ewig nichts mehr zusammen unternommen!
Karate-Dojo

Mama...
Schmeißt du die bitte auch weg?
Hepp!

Grundschule abgeschlossen! Auf Wiedersehen!
Ich werde Profi! Kyohei
Danke!
Wir sehen uns in zehn Jahren!
Herzlichen Glückwunsch!
Lehrerzimmer
Hi, Fujino.
Herzlichen Glückwunsch!
Übrigens …

Kann ich dir Kyomotos Abschlusszeugnis anvertrauen?
Ich geb dir ihre Adresse.
Hää?! Waas?!
Warum ich?!
Na ja... Ihr habt ja beide für die Schülerzeitung gezeichnet...
... obwohl du irgendwann in der Sechsten damit aufgehört hast.
Über einen Besuch von dir wird sie sich bestimmt mehr freuen als über meinen.
Öhm...
Ich...
... will das nicht machen.
Ach, komm schon! Das ist meine letzte Bitte.
Hää...

Ist sie nicht zu Hause?
Nanu? Die Tür ist offen.
Entschuldige die Störung!
Ich hab dein Abschluss-zeugnis dabei.

Ich leg es hierhin, okay?
GRRT
Also ist doch jemand zu Hause.
Entschul-digung...
Ich bin nur hier, um dir dein Abschlusszeugnis zu geben.

Komm nicht raus!
Komm raus! Komm raus!
Das Finale des Stubenhocker-Wettbewerbs!
Kyomoto liegt derzeit noch in Führung!
Kyomoto
Was mach ich hier eigentlich?
Ah!

Hier ist dein Zeugnis!
Tschüss!
Hä?!
Uwaaah!
Ah!

*Anrede für Lehrer, Mentoren, Ärzte, Autoren usw.

Kyo...
Kyomoto?

To...
Po...
M... M... Mmmh...
Je...
Jede Woche...
... öhm...
... ist die neue Ausgabe der...
... Schülerzeitung gekommen...
... und seit der dritten Klasse, nein, von Anfang an...
... habe ich deine Mangas gelesen!
I...
I...
I... Ich...
I...
Ich...

Ich...
... bin dein größter Fan, Fujino-sensei!
Bitte gib mir ein Autogramm!
Hm? Oh! Ich hab nichts zum Schreiben!
U... Uwaaah...
Auf dem Rücken!
Gibst du mir ein Autogramm auf meinen Rücken?

Kann ich machen.
Meine Lieblingsgeschichten sind: „Liebesviereck“ in der zweiten Augustwoche aus der dritten Klasse und...
Äh...
... die „Sasaki“-Serie, die du von Januar bis März in der vierten gezeichnet hast.
Und seit der fünften ist eigentlich alles, was du gezeichnet hast, echt genial!
Ich hab es nicht geschafft, jede Woche was Neues abzuliefern...
... aber du hast es durchgezogen, obwohl du jeden Tag zur Schule gegangen bist.
Und du bist genauso alt wie ich. Echt unglaublich!

Seit der fünften Klasse hat sich nicht nur der Inhalt, sondern auch der Zeichenstil deutlich verbessert. Und irgendwann ist mir klar geworden...
... dass du ein echtes Genie bist!
Aber warum...
... hast du mitten in der sechsten Klasse einfach damit aufgehört?

Hm? Na ja...
Ich überlege mir gerade eine neue Geschichte, mit der ich an einem Manga-Wettbewerb teilnehmen möchte...
... deswegen hab ich die Arbeit für die Schülerzeitung unterbrochen. Als Vorbereitung für den nächsten Schritt sozusagen.
An einem Manga-Wettbewerb?!
C... Cool!

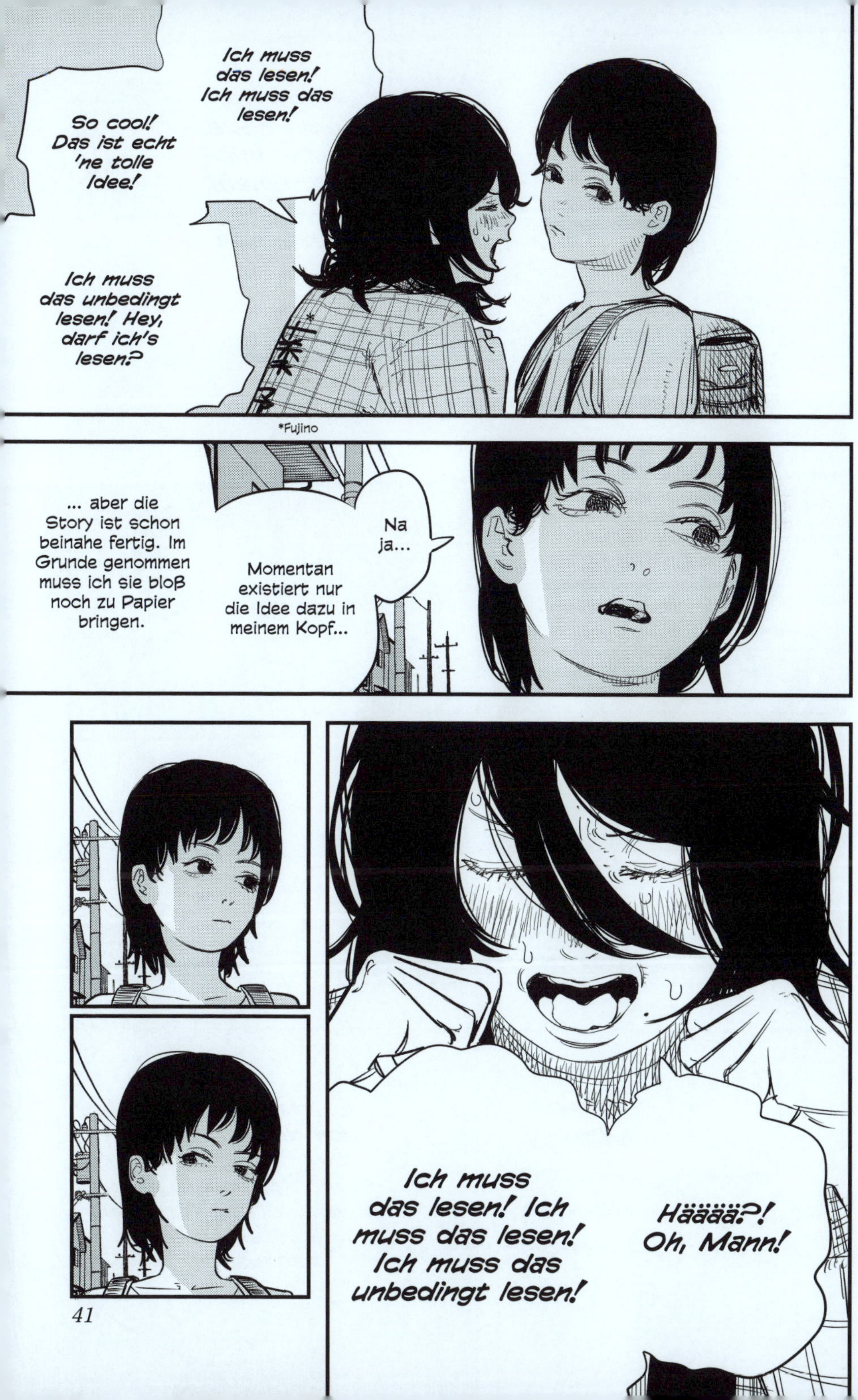
Ich muss das lesen! Ich muss das lesen!
So cool! Das ist echt 'ne tolle Idee!
Ich muss das unbedingt lesen! Hey, darf ich's lesen?
*Fujino
Na ja...
Momentan existiert nur die Idee dazu in meinem Kopf...
... aber die Story ist schon beinahe fertig. Im Grunde genommen muss ich sie bloß noch zu Papier bringen.
Häääää?! Oh, Mann!
Ich muss das lesen! Ich muss das lesen! Ich muss das unbedingt lesen!

Ja, okay...
Wenn ich mit dem Storyboard fertig bin, kann ich es dir zeigen.
Ich muss jetzt nach Hause. Es fängt an zu regnen.
Wir sehen uns.
Ja, wir sehen uns!

Bitte Klopfen!
die Welt
Stadt
Metall-P ade
Ja, ich hab's!
Ah!

4
1 2 3 4 5 6 7
8 9 10 11 12 13 14
15 16 17 18 19 20 21
22 23 24 25 26 27 28
29 30
MEMO

Drei Regeln
Hallo!

Willkommen zurück!
Du bist ja immer noch hier!
Hm? Bist du schon fertig mit dem Hinter-grund?!
Ja, das schaff ich ganz locker, weil ich ja nicht zur Schule gehe!
Aber 45 Seiten sind schon verdammt viel. Es ist noch kein Ende in Sicht.
Ja...
Obwohl wir jeden Tag zeich-nen...

1 2 3 4 5
6 7 8 9 10 11 12
13 14 15 16 17 18 19
20 21 22 23 24 25 26
27 28 29 30 31
MEMO

5
sun mon tue wed thu fri sat
1 2 3 4 5
6 7 8 9 10 11 12
13 14 15 16 17 18 19
20 21 22 23 24 25 26
27 28 29 30 31
MEMO

TAC
DOG

Habt ihr das selbst gezeichnet? Ihr seid noch auf der Mittelschule, korrekt?
Cool! Ich bin wirklich beeindruckt.
Shueisha
Aber wir zeichnen zu zweit und haben ein Jahr gebraucht, um die Geschichte abzuschließen.
Und die Hintergründe hab ich komplett ihr überlassen.
Trotzdem ist es toll, dass ihr in eurem Alter schon ein Werk vollständig abgeschlossen habt.
Das Artwork und die Story, das kann sich alles sehen lassen.
Ich bin sicher, dass ihr dafür einen Preis bekommt.

town
JUMP

*circa 74 Cent

*circa 740 Euro

Lass uns in die Stadt fahren!
Ich lad dich ein!
M... Musst du das Geld nicht sparen?
Ach, komm! Wenn ich einen neuen Manga zeichne, verdien ich nochmal so viel!
Wir geben es aus und kurbeln damit die Wirtschaft an!
Churchill
Apotheke der Zukunft
Okay!

Kanzrei Saburo
DE

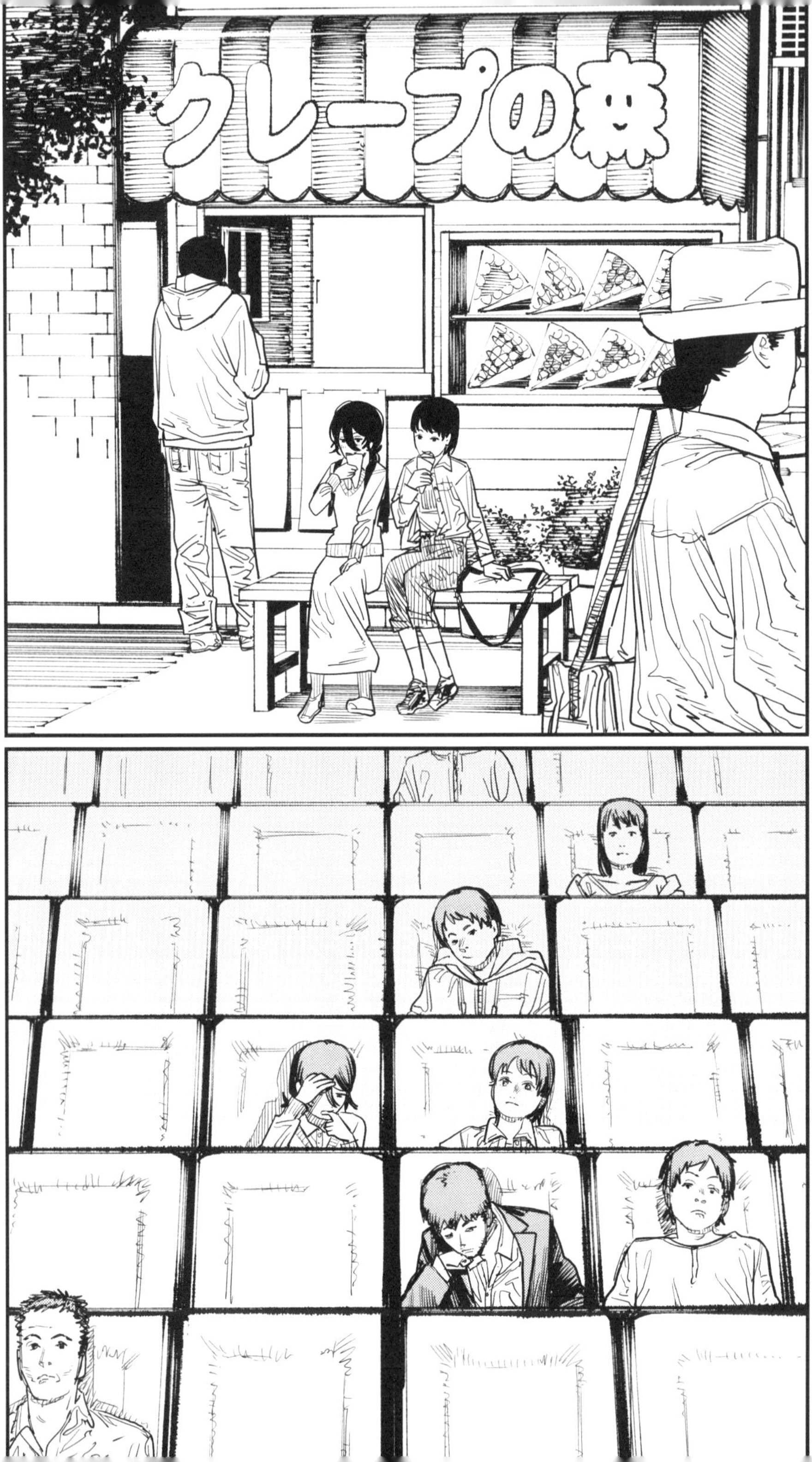
クレープの森

Das war alles total lecker, vielen Dank.
Wir haben so viel gemacht, und ich hab nur 5.000 Yen ausgegeben.
Schön, dass ich mal was unternommen hab.
Hä?
Ehrlich gesagt, hatte ich Angst davor, in die Stadt zu fahren.
Ich geh nicht zur Schule, weil ich Angst vor Menschen habe.
Aber heute hatte ich echt Spaß.

Zu Hause hab ich immer nur gemalt, weil ich ja sonst nichts zu tun hatte. Also mehr so aus Langeweile.
Aber es hat sich gelohnt.
Fujino... Danke, dass du mich aus meinem Käfig geholt hast.
Gern geschehen. Das macht dann 100.000 Yen.
Hä?!

Die Städte am Meer
Kyo Fujino
Mein Herz gehört dem Meer.
Der Zikaden-Mensch
Kyo Fujino

Der kleine Sackspinner
Kyo Fujino
ケーキ
Der kleine Sackspinner
Kyo Fujino
Der Maulwurfjunge
Kyo Fujino
Kyo Fujino

Die Welt der Landschaftszeichnung

Cafe
Sie wollen, dass wir eine Serie machen?
Unser Chefredakteur möchte euch eine Serie anvertrauen, wenn ihr die Oberschule abgeschlossen habt.
Ihr habt mit 17 Jahren schon sieben One-Shots veröffentlicht.
Eigentlich hättet ihr die Chance auf eine Serie schon viel früher bekommen sollen.

Tut mir leid, aber ich möchte an einer Kunsthochschule studieren, deswegen…
… kann ich dir… leider nicht helfen.
Wie kommst du denn plötzlich auf so was?
Na schön, wie du willst.
Du zeichnest ja eh nur Hintergrundbilder. Dafür kann ich jemand anderen engagieren.

A...
Aber was bringt es denn, Kunst zu studieren?
Was ich so gehört habe, ist es für Kunststudenten enorm schwierig, einen Job zu finden.
J...
Ja, das weiß ich.
Und du musst viel mit fremden Leuten reden.
Daran muss ich mich... wohl gewöhnen.
Wenn du mit mir zusammenarbeitest ...
... ist deine Zukunft gesichert.

Ich möchte ohne dich...
... auf eigenen Beinen stehen können.
So was ist doch langweilig!
Das ist nicht langweilig.
Aber so was von! Wie willst du überhaupt allein zur Uni gehen?
I...
Ich kann das, wenn ich mir ganz viel Mühe gebe!
Nie im Leben. Du traust dich ja noch nicht mal, den Kassierer im Minimarkt anzusprechen!
Ich übe das ab jetzt!
Quatsch! Das kannst du voll vergessen!

Aber...
Was denn?!
Ich möchte...
... besser zeichnen können.

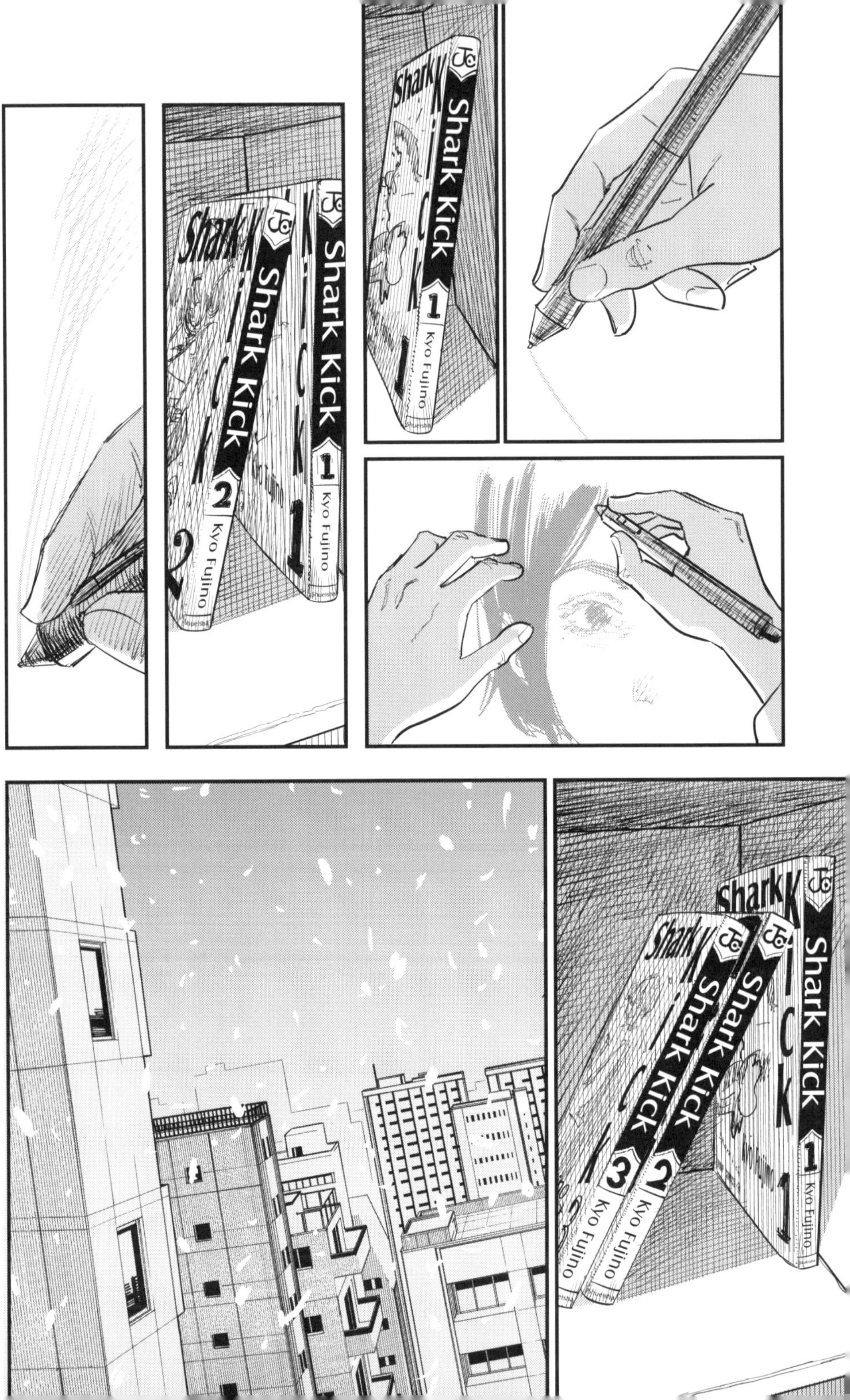

Shark Kick
1
Kyo Fujino
Shark Kick
1
Kyo Fujino
Shark Kick
2
Kyo Fujino
Shark Kick
1
Kyo Fujino
Shark Kick
2
Kyo Fujino
Shark Kick
3
Kyo Fujino

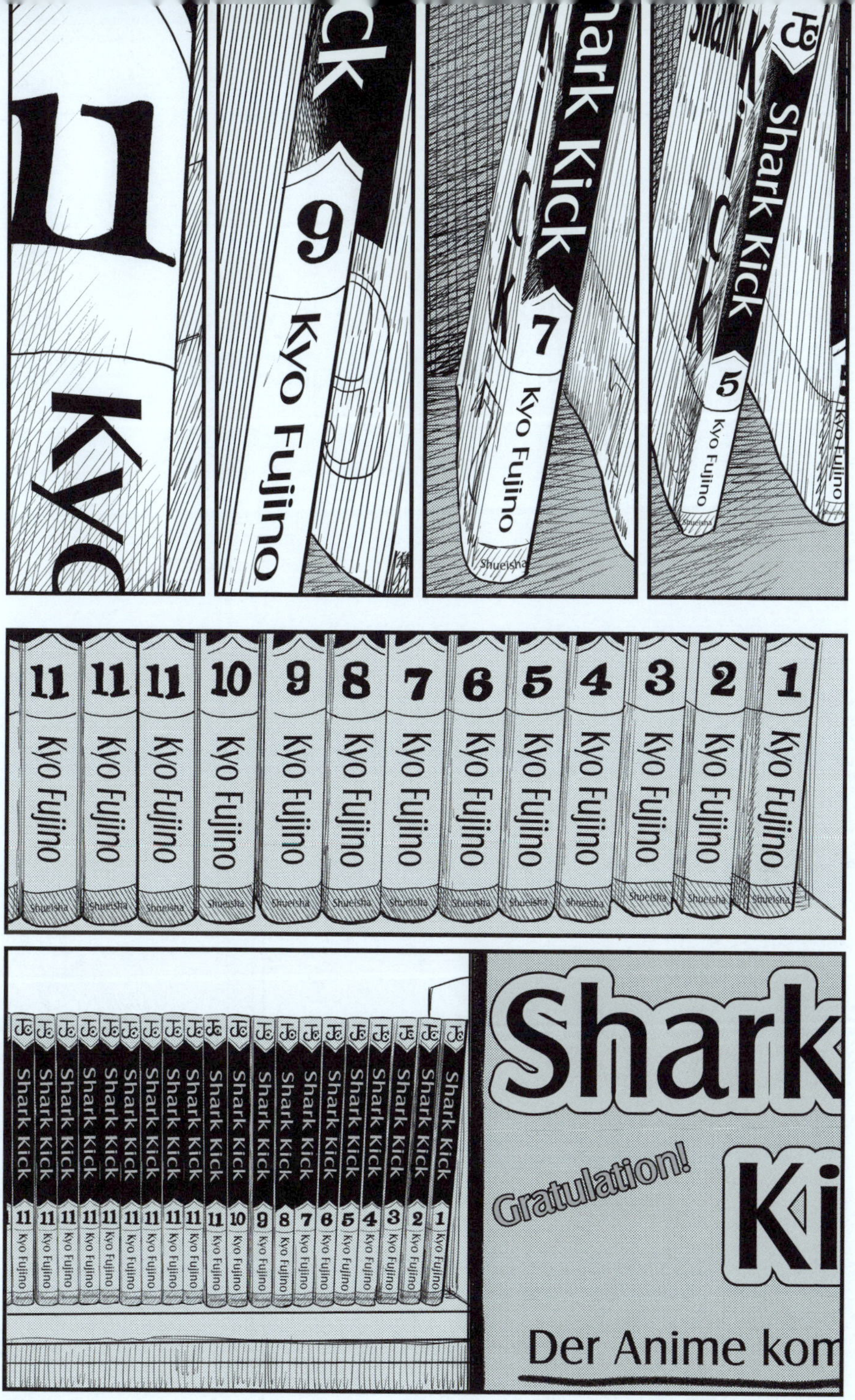
Shark Kick
Kyo Fujino
Shueisha
Shark
Ki
Gratulation!
Der Anime kom

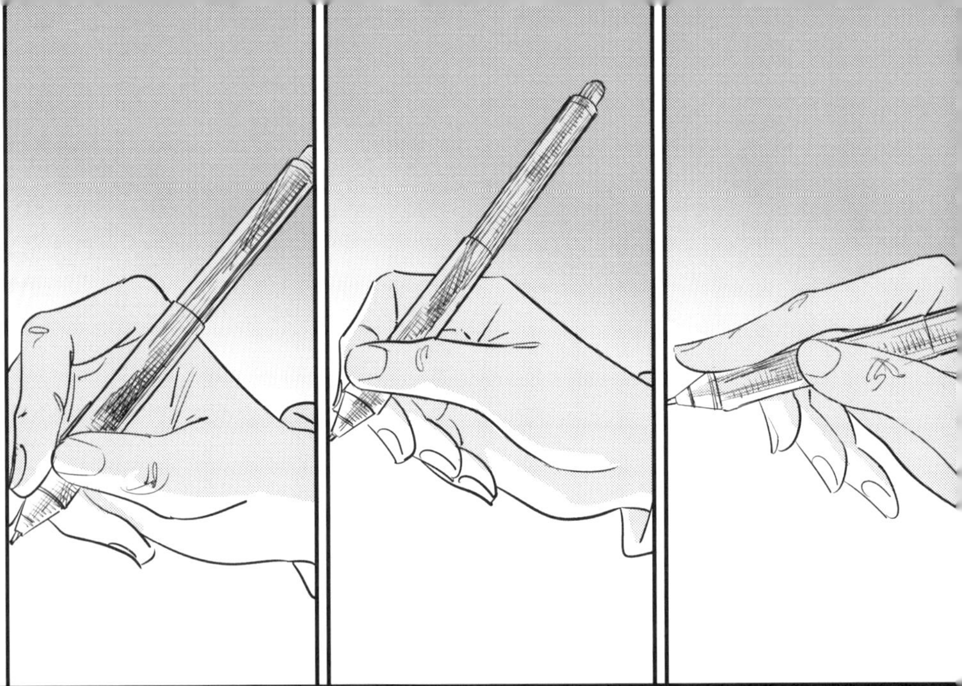

10. Januar 2016

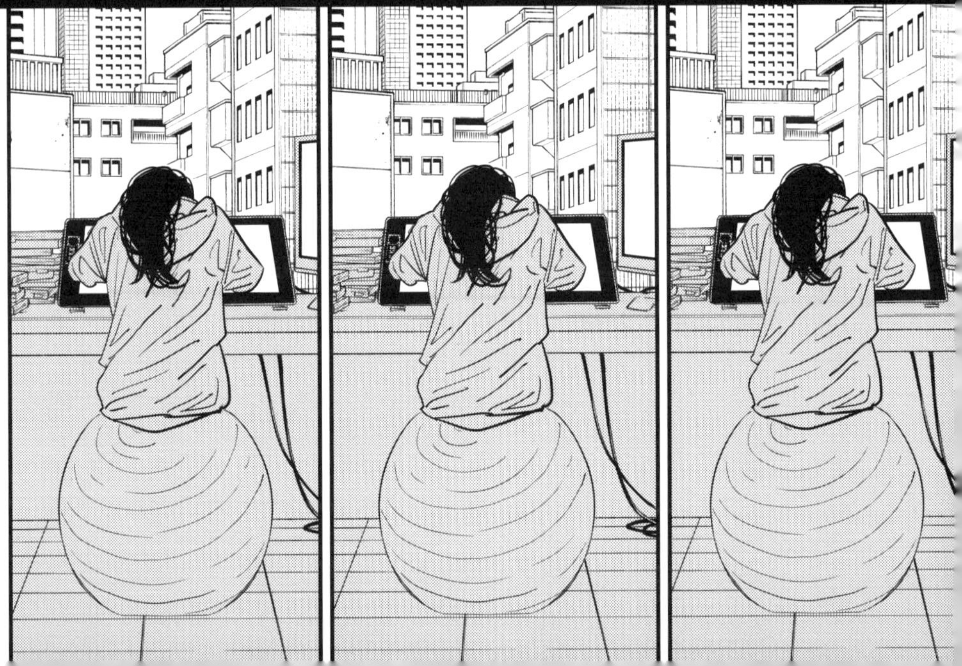

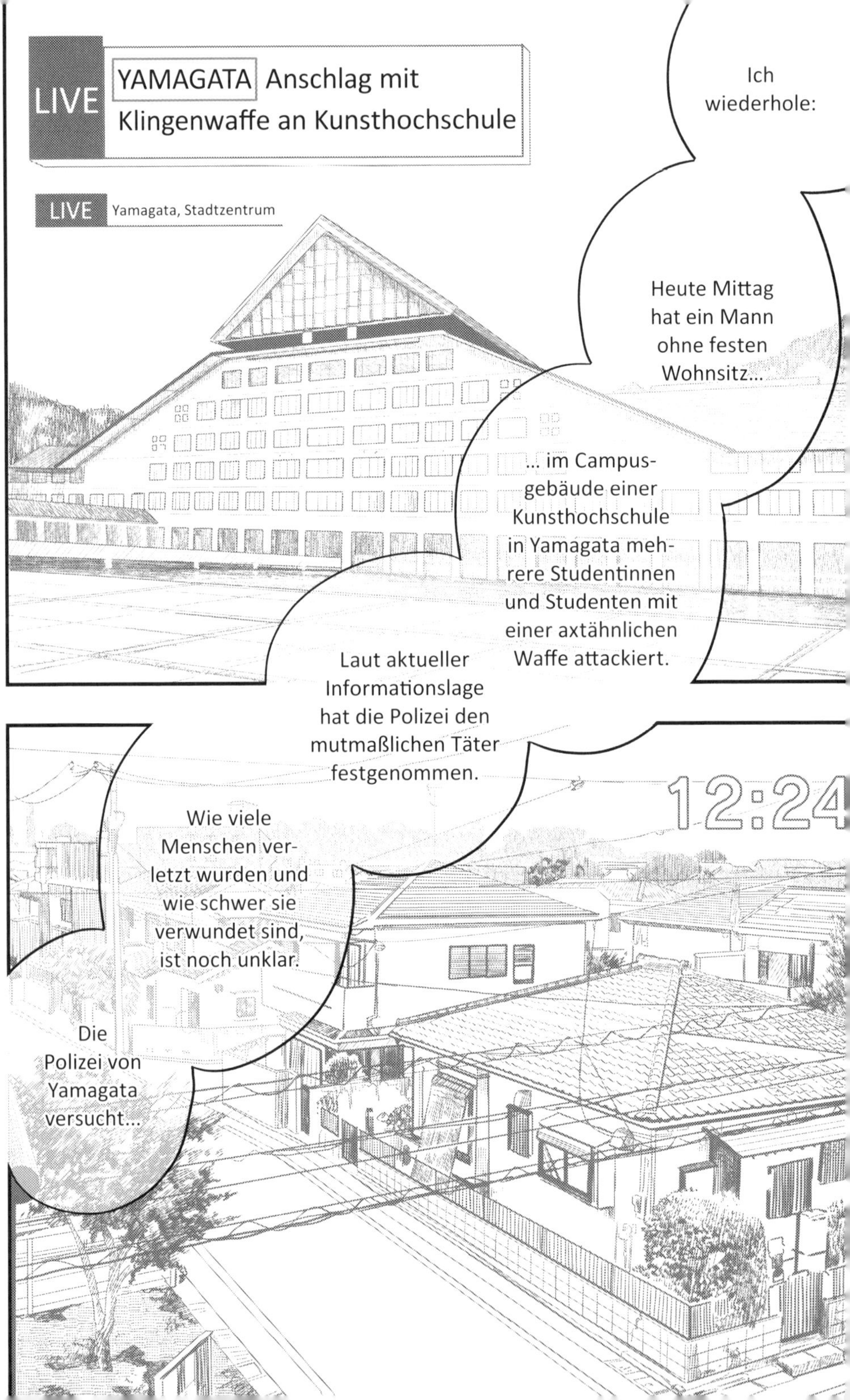

LIVE
YAMAGATA Anschlag mit Klingenwaffe an Kunsthochschule
LIVE Yamagata, Stadtzentrum
Ich wiederhole:
Heute Mittag hat ein Mann ohne festen Wohnsitz...
... im Campusgebäude einer Kunsthochschule in Yamagata mehrere Studentinnen und Studenten mit einer axtähnlichen Waffe attackiert.
Laut aktueller Informationslage hat die Polizei den mutmaßlichen Täter festgenommen.
12:24
Wie viele Menschen verletzt wurden und wie schwer sie verwundet sind, ist noch unklar.
Die Polizei von Yamagata versucht...

Kyomoto
Eingehender Anruf
Mama
Annehmen

Falls wir die Chance bekommen, eine Serie zu machen, dann...
... möchte ich in jeder Folge super coole Bilder auf höchstem Niveau abliefern!
Aber ich arbeite langsam...
Dafür müsste ich viel schneller zeichnen...
Das ist doch ganz einfach!
Wenn man besser wird, wird man automatisch schneller.
Und genau das hab ich vor!

Dann werd ich mich auch richtig an- strengen...
... so wie du das immer machst!
Ja!
Behalt meinen Rücken gut im Auge, und du wirst es weit bringen!

7:03
EILMELDUNG
Anschlag an der Kunsthochschule
Amoklauf an der Kunsthochschule Yamagata
Zwölf Tote, drei Schwerverletzte
Er soll mehrm
Opfer erstoche
der Augenzeug
r festgenomme
ab gegenüber d
olizei an, die St
nten hätten se
nline publiziert
Bilder imitiert.

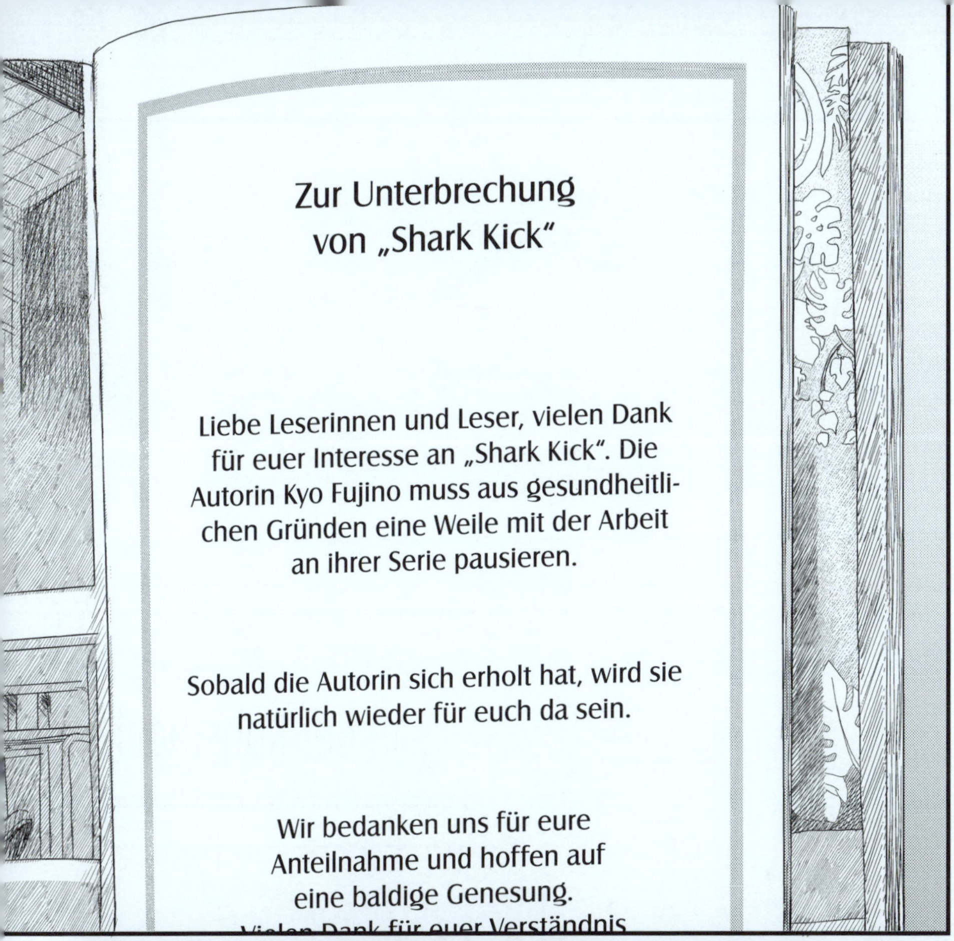
Zur Unterbrechung
von „Shark Kick“
Liebe Leserinnen und Leser, vielen Dank für euer Interesse an „Shark Kick“. Die Autorin Kyo Fujino muss aus gesundheitlichen Gründen eine Weile mit der Arbeit an ihrer Serie pausieren.
Sobald die Autorin sich erholt hat, wird sie natürlich wieder für euch da sein.
Wir bedanken uns für eure Anteilnahme und hoffen auf eine baldige Genesung.

Von den Angehörigen
Von den Angehörigen

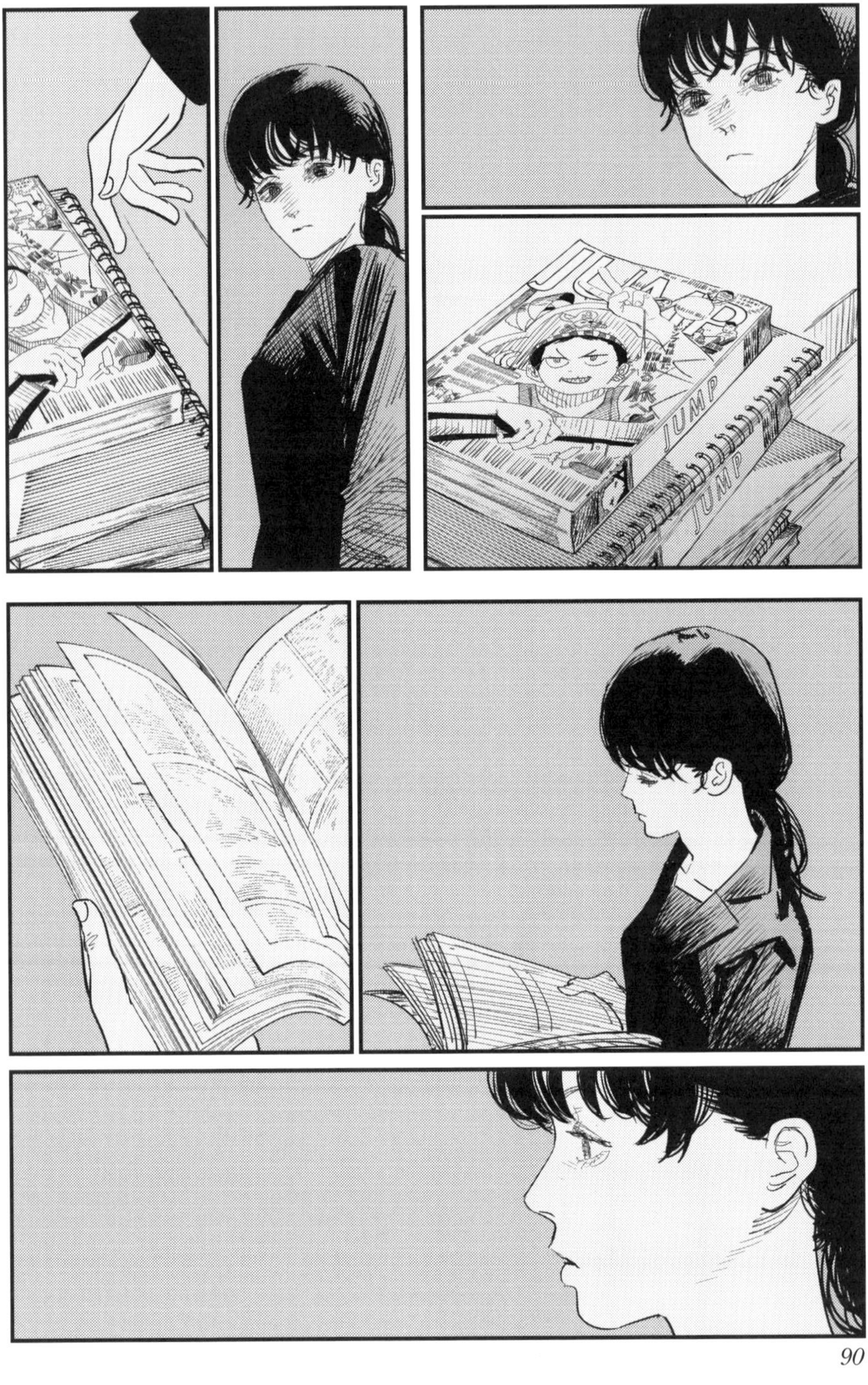
JUMP
JUMP

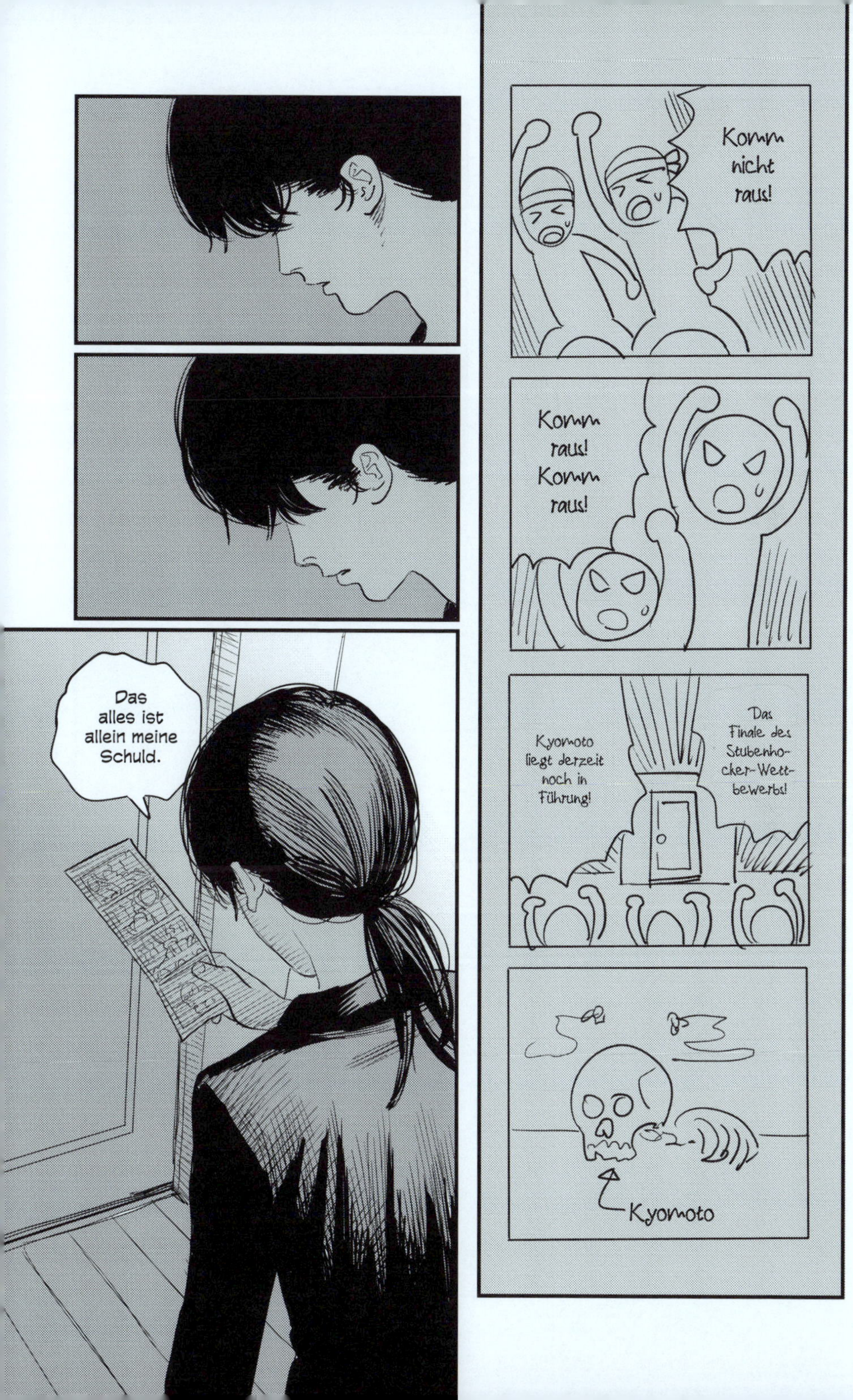
Komm nicht raus!
Komm raus! Komm raus!
Das Finale des Stubenho-cker-Wett-bewerbs!
Kyomoto liegt derzeit noch in Führung!
Kyomoto
Das alles ist allein meine Schuld.

Weil ich damals...
... diesen Manga gezeichnet hab.
Kyomoto ist tot...
Hm...
Meinetwegen musste sie sterben.

Wenn ich sie damals nicht aus ihrem Zimmer geholt hätte...
... wäre sie noch am Leben.
Hää?!
Warum...
Warum hab ich das getan?

Wo die ganze Zeichnerei doch sowieso nichts bringt!

Komm nicht raus!

Komm nicht raus!

Oha...

Komm nicht raus!
Komm nicht raus...?
KLINGELING
Hä?!

Entschuldige die Störung!
Ich hab dein Abschluss-zeugnis dabei.
Ich leg es hierhin, okay?

Ein Ge-
spenst...

Die Welt der Landschafts-zeichnung

*Aufnahmeprüfung

Zulassungsbescheid
ir freuen uns, Ihnen mitteilen zu könn
hmeprüfung im Jahre 2012 bestanden
orbenen Fachs unserer Hochschule zu

10. Januar 2016 – 11:17

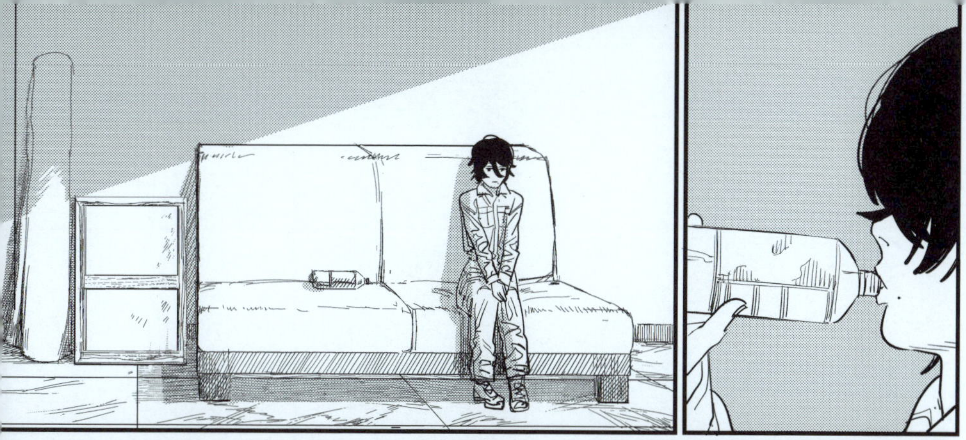

In der zweiten Etage der Fakultät für Malerei saß eine Studentin auf einer Couch, um Pause zu machen.

Sie hörte metallische Geräusche, die aus dem Treppenhaus kamen. In diesem Moment waren keine anderen Studierenden in der Nähe.

11:19 – Ein Mann drang über eine Außentreppe ins Gebäude ein und traf auf die besagte Studentin.

Er hielt einen scharfen Gegenstand in der Hand, den er auf dem Campus aus einer Werkstatt entwendet hatte.
Hey, du...
Du da...
Hä? Was?
In der letzten Ausstellung gab's ein Werk, das fast so aussieht wie eins von mir.
Oder?!
Jemand hat mein Bild gestohlen, das ich im Internet veröffentlicht hab. Das hast du doch auch gesehen!
Oder?!
Der Mann gestand der Polizei, dass er die Absicht hatte, alle Studierenden zu töten, die ihm begegnen.
Ah...
Ähm...
Äh...? Äh...
Sag was!

Uwaa
Mmh!
Mist!

Hey!
Du sollst...
... mich gefälligst respektieren!
Das war meine Idee!
Klau mir nicht meine Idee!

Raaaaaah!!

Woaah!
Autsch!
Aaaaaah!

Ich mache Karate in einem Dojo in der Nachbarstadt.
Und vorhin, als ich beim Joggen war, hab ich gesehen, wie ein Typ mit 'ner Waffe in der Hand das Unigebäude betritt.
Deshalb bin ich ihm direkt hinterher und hab ihm 'nen Karate-Kick verpasst...
... aber ich bin selbst hingefallen und hab mir das Bein gebrochen. Echt dumm von mir!

Ähm... Vielen Dank.
Ich ... möchte mich noch einmal anständig dafür bedanken, also...
Öhm ...
Kann ich vielleicht Ihre Telefonnummer haben?
Ja, gern!
Fujino
Fujino...
Fujino-sensei...
Bist du vielleicht Fujino-sensei?
Sensei?

Hast du nicht in der Grundschule für die Schüler-zeitung Mangas gezeichnet?
Ah...
Ja, das hab ich.
Also doch!
Weißt du was?!
Ich war dein größter Fan!
Aha ha ha! Was für ein Zufall!
Danke!
Yamagata
Entschul-digung, wir müssen jetzt los.
Ähm... Warum hast du aufgehört zu zeichnen?!

Ich hab neulich wieder an-gefangen!
Hilfst du mir, wenn ich eine Serie starte?

Hallo!

11. Juni 2002
Der erste Kuss Fujino
Nach einem Unfall liegen sie im Sterben.
Bitte gib mir einen Kuss, wenn wir wiedergeboren werden.
Verspro-chen.

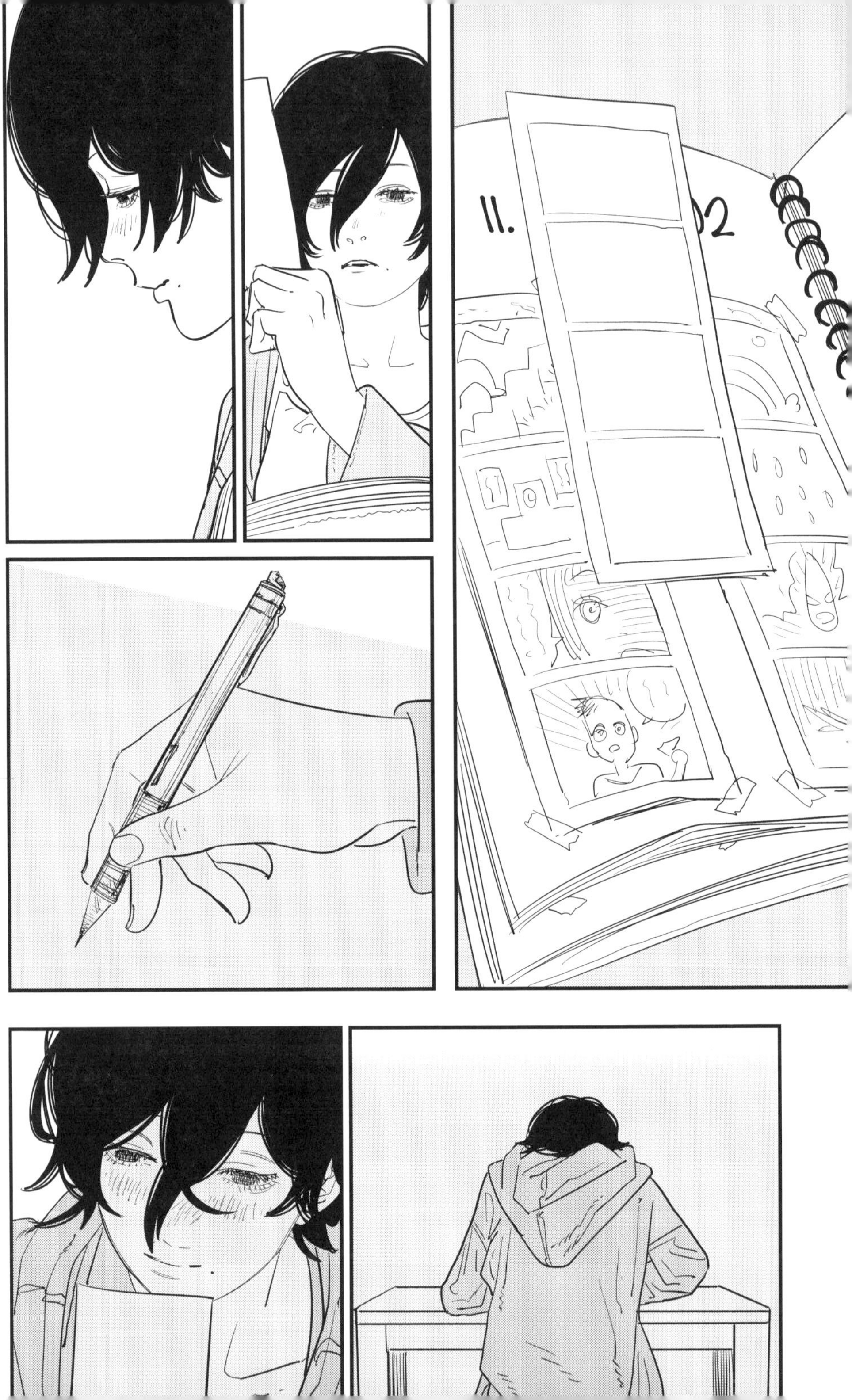
11.
02

Ah!

Behalt meinen Rücken im Auge! Kyomoto

Shark Kick
Treten, treten, überleben!
Kyo Fujino
Shark Kick 2 Kyo Fujino
Shark Kick 2 Kyo Fujino
Shark Kick 2 Kyo Fujino
Shark Kick 1 Kyo Fujino
Shark Kick 1 Kyo Fujino
Shark Kick 1 Kyo Fujino
Shark Kick 1 Kyo Fujino

* Ayumi Fujino
藤野歩*
藤野歩
Ehrlich gesagt...
... mag ich...
... es nicht besonders, Mangas zu zeichnen.

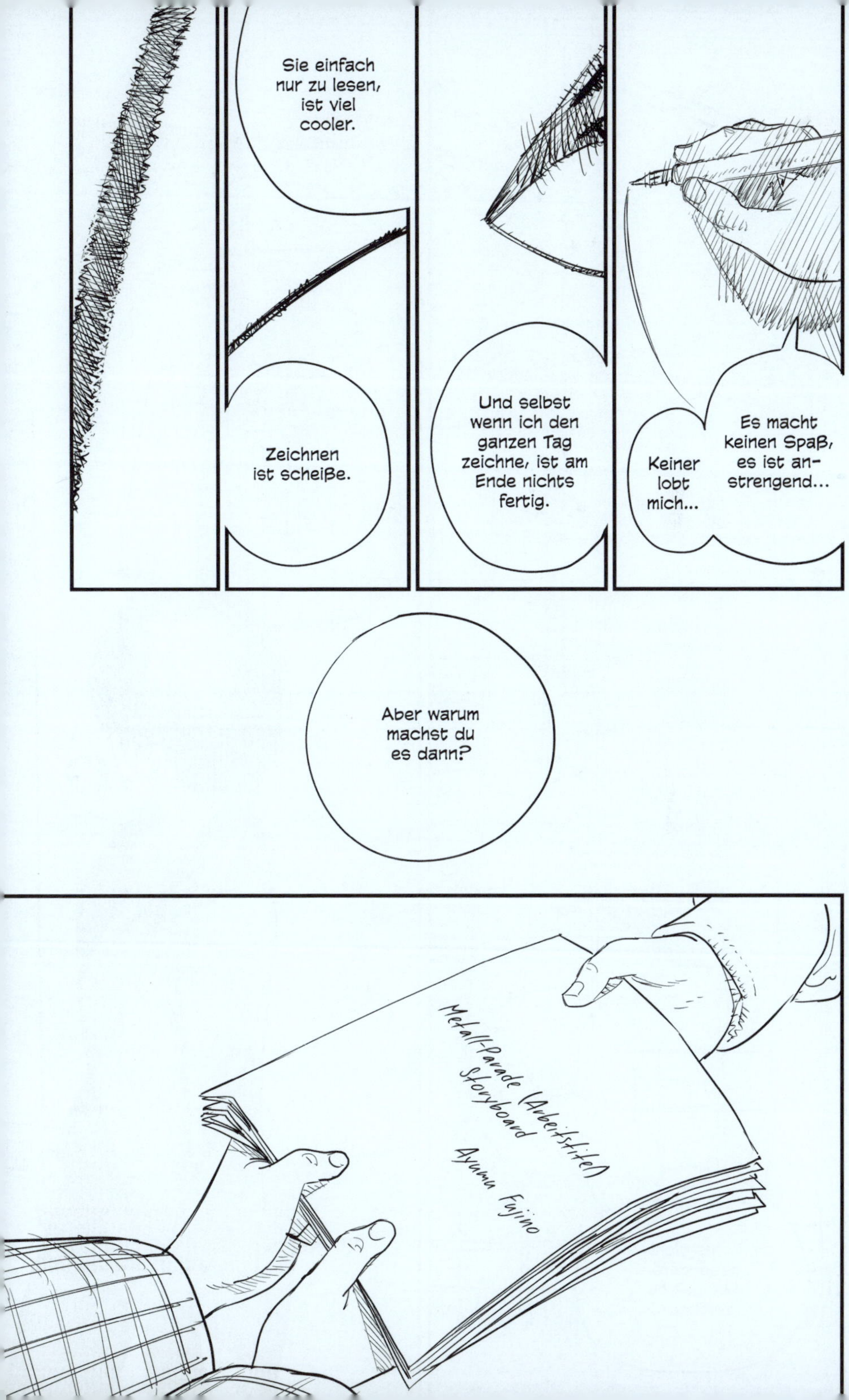

Es macht keinen Spaß, es ist anstrengend...
Keiner lobt mich...
Und selbst wenn ich den ganzen Tag zeichne, ist am Ende nichts fertig.
Sie einfach nur zu lesen, ist viel cooler.
Zeichnen ist scheiße.
Aber warum machst du es dann?
Metall-Parade (Arbeitstitel) Storyboard
Ayumu Fujino

Jetzt ist Shark an der Reihe!
Fortsetzung folgt in Band 12!
189

Look Back - ENDE

look back

SUTOPPU!

**Koko wa kono manga no owari dayo.
Hantaigawa kara yomihajimete ne!
Dewa omatase shimashita!
Tanoshii hitotoki wo dozo!**

Egmont-Manga-Chiimu

STOPP!

**Das ist der Schluss des Mangas.
Fangt bitte am anderen Ende an!
Und nun genug der Vorrede,
viel Spaß beim Lesen!**

Euer Egmont-Manga-Team

„Look Back" von Tatsuki Fujimoto
Aus dem Japanischen von Yuko Keller

Originalausgabe:

First published in Japan in 2021 by SHUEISHA Inc., Tokyo.
German translation rights in Germany, Austria and German-speaking Switzerland arranged by SHUEISHA Inc. through VME PLB SAS, France.

Deutschsprachige Ausgabe:

verlegt durch Egmont Verlagsgesellschaften mbH,
Ritterstraße 26, 10969 Berlin
safety@egmont.de

5. Auflage 2026

Verantwortlicher Redakteur: Marco Walz
Gestaltung: Anke Koopmann
Koordination: Angelika Schönhuber
Printed in the EU
ISBN 978-3-7555-0093-3

story house
EGMONT